CONCORDE

MADELINE

EDICIÓN EN ESPAÑOL

Texto e ilustraciones de
Ludwig Bemelmans

Traducción de Ernesto Livon Grosman

THE VIKING PRESS · NEW YORK

VIKING
Published by the Penguin Group
Penguin Books USA Inc., 375 Hudson Street, New York, New York 10014, U.S.A.
Penguin Books Ltd, 27 Wrights Lane, London W8 5TZ, England
Penguin Books Australia Ltd, Ringwood, Victoria, Australia
Penguin Books Canada Ltd, 10 Alcorn Avenue, Toronto, Ontario, Canada M4V 3B2
Penguin Books (N.Z.) Ltd, 182–190 Wairau Road, Auckland 10, New Zealand

Penguin Books Ltd, Registered Offices: Harmondsworth, Middlesex, England

First published in the United States of America by Simon and Schuster, 1939
First published by The Viking Press, 1958
This Spanish edition first published in the United States of America by
Viking, a division of Penguin Books USA Inc., 1993

1   3   5   7   9   10   8   6   4   2

Copyright Ludwig Bemelmans, 1939
Copyright © renewed by Madeleine Bemelmans and
Barbara Bemelmans Marciano, 1967
Translation copyright © Viking, a division of Penguin Books USA Inc., 1993
Spanish edition edited by Arshes Anasal
All rights reserved

Library of Congress Cataloging-in-Publication Data
Bemelmans, Ludwig, 1898–1962. [Madeline. Spanish]
Madeline / Ludwig Bemelmans.—Ed. en español. p.   cm.
ISBN 0-670-85154-X
I. Title. PZ73.B39   1993   93-18716   CIP   AC

Printed in U.S.A.
Set in 17 pt. Bodoni

JAN 29 1994

MADELINE

En una vieja casa de París

toda cubierta de viñas

viven doce niñas

en dos perfectas filas.

Desayunan, almuerzan y cenan
siempre en dos perfectas filas,

luego los dientes se cepillan

y a dormir se van tranquilas.

Le sonríen a lo bueno,

a lo malo miran con desdén

y hay veces que se sienten tristes también.

En dos perfectas filas

salen de su casa

media hora después de las nueve

llueva, truene

o brille el sol.

La más pequeña se llama Madeline.

No le tiene miedo a los ratones,

ama el invierno, la nieve y los ventarrones.

Cuando en su jaula el tigre se asoma

para Madeline es como una broma.

Y no hay nadie que sin ser cruel

sepa tan bien cómo asustar a la Señorita Clavel.

Tarde una noche,

la Señorita Clavel la lámpara encendió.

—¡Algo no anda bien! —exclamó.

La pequeña Madeline estaba en la cama sentada,
los ojos rojos de tanto llorar y muy asustada.

Tan pronto como llegó, el Doctor Cohn
al teléfono corrió

y un número muy largo marcó.

La enfermera preguntó: —¿Cómo dice? ¿Es el apéndice?

Todas sintieron ganas de llorar
y ni un sólo ojo quedó sin lagrimear.

En brazos y envuelta en una manta,
Madeline se sentía protegida y abrigada.

A toda carrera la ambulancia avanzaba
y en su techo una luz roja giraba y giraba.

Madeline se despertó en el hospital;
a su lado tenía un rosal.

Muy pronto Madeline comió y bebió.

Una manivela en su cama había

y una grieta en el techo

a veces se transformaba en un conejo que sonreía.

Pájaros, árboles y cielo se veían por la ventana
y así diez días pasaron como si nada.

Una mañana en el jardín,

la Señorita Clavel dijo: —¿No es éste

un buen día

para visitar a Madeline?

VISITANTES DE DOS A CUATRO

decía el cartel a la entrada del cuarto.

En puntillas y muy serias entraron,
cada una llevaba una margarita en la mano.

Se quedaron boquiabiertas y dijeron : —¡Ahhh!
al ver los juguetes, los dulces
y la casa de muñecas, regalo de papá.

Pero la sorpresa más grande fue

cuando se paró en la cama como una actriz

¡y a todas les mostró la cicatriz!

—Adiós —dijeron—. Vamos a volver.

Y salieron mientras afuera no paraba de llover.

A casa regresaron y después de la cena

los dientes se cepillaron

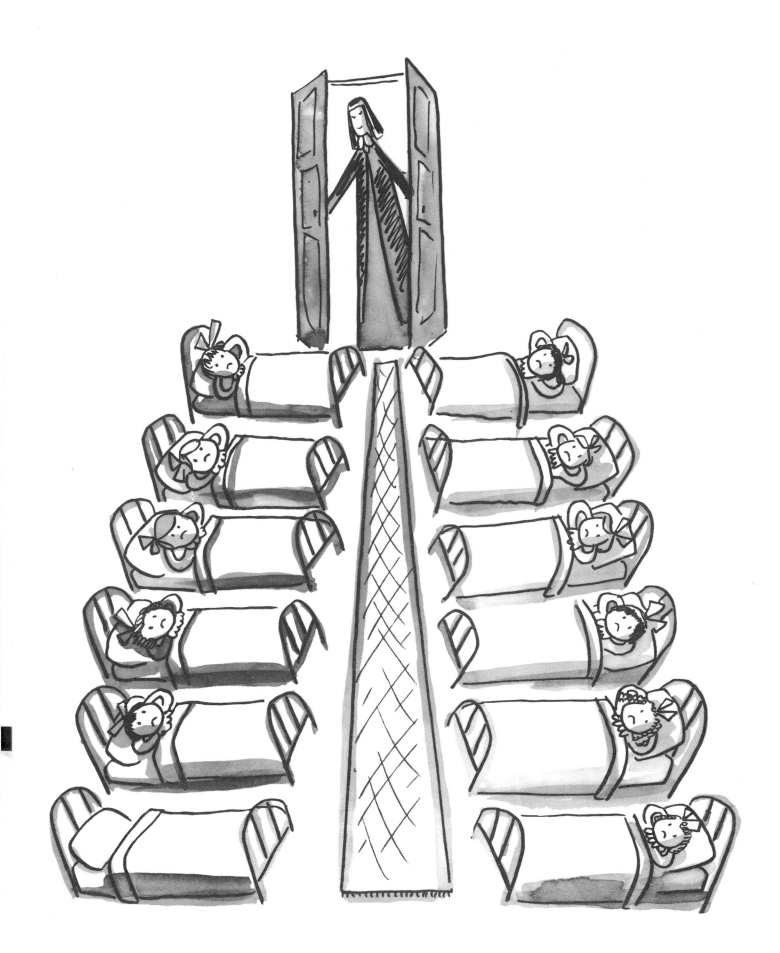

y a dormir se acostaron.

Tarde a la noche
la Señorita Clavel la lámpara encendió.
—¡Algo no anda bien! —exclamó.

Y temiendo lo peor

corrió y corrió

por el largo corredor.

—Niñas, díganme ¿qué está pasando?

Y todas contestaron llorando:

—¡Nosotras también queremos
que nos saquen
el apéndice volando!

—Buenas noches, niñitas.

Den gracias que están bien.

¡Y ahora todas a dormir!

—dijo la Señorita Clavel.

Y la luz apagó

y la puerta cerró

y colorín colorado

este cuento se acabó.

ESTA lista es para quienes deseen identificar los lugares de París que Ludwig Bemelmans ilustró en el libro.

En la tapa y en una de las ilustraciones,
LA TORRE EIFFEL

En el dibujo de la señora dándole
de comer al caballo,
EL TEATRO DE LA ÓPERA

El gendarme persigue al ladrón de joyas en
LA PLAZA VENDÔME

El soldado herido frente al
HOTEL DE LOS INVÁLIDOS

Un día de lluvia frente a
LA IGLESIA DE NÔTRE-DAME

Un día de sol en
LOS JARDINES DE LUXEMBURGO

Detrás de las niñas que patinan está
LA IGLESIA DEL SACRÉ-COEUR

Un hombre da de comer a las palomas en
LOS JARDINES DE LAS TULLERÍAS
FRENTE AL MUSEO DEL LOUVRE

PAL.
JUV.